MÁS LARGO ES EL TIEMPO QUE LA FORTUNA

Fernán Caballero

Preséntase el tiempo al hombre de tres maneras; llega lentamente el futuro, pasa rápidamente el presente, y párase inmóvil el pasado.

No hay ruego ni ansia que hagan acelerar su marcha al primero; no hay instancia ni fuerza que detengan al segundo; no hay arrepentimiento ni hechizo que muevan al tercero.

¿Quieres concluir felizmente el viaje de la vida? Toma por consejero al futuro, no escojas por amigo al presente, ni te hagas enemigo al pasado.

(Sentencia de Confucio, traducida libremente de una versión alemana.)

El ladrón que no se deja coger, pasa por hombre honrado.
(Refrán turco.)

A dos leguas de la orilla del mar, sobre la plataforma de una colina, se asienta Jerez, rico, robusto y predilecto hijo de Baco y de Ceres. Rodéanle como un soberbio cinturón sus famosas viñas, cuidadas como princesas, y sus campos de trigo, cuyas cañas inclinan sus doradas cabezas. Extiende sus inmensos Propios por las comarcas cercanas, que murmuran de esta invasión del coloso rural, y pierde la cuenta de sus montes, como un potentado.

Jerez, noble como el que más, lleva al frente el precioso y bien conservado castillo moruno, perteneciente a la ilustre familia de los Villavicencios, y que ha sido testigo de tantas hazañas; conserva anales que forman páginas de oro en la historia de España; ostenta suntuosos templos, obras magnas de la fe, obras maestras del arte, y ve con dolor a su lado desmoronarse su magnífica Cartuja, admiración de cuantos la vieron viva, dolor y escándalo de cuantos la ven cadáver!

Aunque con razón se dice que algunas provincias de España están despobladas, como la Mancha y Castilla, las cuales por desgracia atraviesa la carretera, que es la gran arteria de la Península, no se puede decir lo mismo de esta parte de Andalucía, puesto que desde lo alto de algunas de las miras que adornan los hermosos caseríos de la mayor parte de las viñas, se ven en el radio que alcanza la vista quince pueblos, de los que la mayor parte son considerables. Son éstos Jerez, Algar, Arcos, Medina, Chiclana, la isla de León, Cádiz, Puerto-Real, Puerto de Santa María, Rota, Chipiona, Sanlúcar, Trebujena, Lebrija y las Cabezas .

Las gentes de Jerez -y no decimos los jerezanos, porque la mayor parte de los cuantiosos caudales formados en este pueblo, ya a la sombra de las hojas de sus parras o de sus mieses, ya por el comercio, no son jerezanos, -las gentes de Jerez no son amigas de gastar, ni se dejan embullar por su rumbosa y alegre vecina Cádiz. Así es que aquella ciudad, que debería ser un modelo de elegancia, de trato lucido y de modo de vivir espléndido, no goza de estas ventajas. Fuera de las inmensas bodegas, verdaderos palacios de las feísimas botas de vino; fuera de algunas hermosas casas, labradas por lo regular con más suntuosidad que gusto; fuera de su gran plaza de toros, no han contribuido su creciente prosperidad y su riqueza a embellecerlo. Sus alrededores, que debían ser alamedas y jardines, son los de un villorrio. Carece de un lucido paseo, de un buen teatro, de Bolsa, y de otras, cosas anejas a la acumulación de gentes, de caudales y de los adelantos de la cultura.

No obstante, dos cosas hay en las que los habitantes de Jerez, indígenas y forasteros, se unen y demuestran un gran desprendimiento; y es en cosas de culto divino y de caridad cristiana. En cuanto hemos visto, no hemos conocido pueblo que bajo estos conceptos merezca más sincera admiración y más justos elogios. Cuando se tiene noticia de las muchas caridades públicas y privadas que se hacen, de las limosnas repartidas en los entierros de los ricos, de las ofrendas llevadas a los templos; cuando se ve aquel magnífico hospital, aquellos hospicios que brillan como plata; cuando se entra en aquellas iglesias, que deslumbran como oro y pedrerías, se siente un entusiasta placer, y se pregunta uno: «¿Pues acaso no vale más esto que todos los decantados embellecimientos materiales, de que tanto se envanece el siglo?»

Cuando los jerezanos labraron su plaza de toros, los del Puerto lo llevaron muy a mal, porque esto perjudicaba a sus nombradas corridas, tan afamadas en Andalucía. Y como en cuanto a burlones y ligeros de sangre, llevan entre todos los andaluces los de Cádiz, la Isla y Puerto de Santa María la palma y la gala, es fácil concebir a qué punto fueron por entonces víctimas los graves jerezanos que se emancipaban, de las burlonas saetas de los porteños. De ellas se podría formar un volumen. Los jerezanos, por toda respuesta, hermoseaban cada vez más su plaza. Últimamente, y por remate, la pintaron con los colores más provocativos, pusieron cristales en algunos palcos, y hasta remates dorados; y echando una mirada de desprecio a la plaza del Puerto, entonces modestamente vestida de blanca cal, como la Norma, les gritaron subidos sobre sus botas: «Sépase quién es Calleja.» Los coquineros, que son, como otros muchos, muy elegantes, muy ataviados, pero que no tienen un real en la faltriquera, esto es, ni Propios, ni más baldíos que la mar, quedaron confundidos de tanta grandeza y de tanto lujo, y aseguraron que los jerezanos, para cuando llegase el invierno, iban a mandar hacer una funda de hule para su repulía plaza.

Entre Jerez y la sierra de Algar se extiende una dehesa solitaria. Veíase en ella, hace años, al lado de una vereda un sombrajo, a cuyo amparo se había establecido un hombre que sobre una mesa despachaba alguna bebida. Andando el tiempo, había labrado cuatro paredes y cubiértolas con enea: había compartido su interior en dos mitades, destinada una a cocina y despacho, y la otra a dormitorio, y se había llevado allí a su mujer y dos hijos. Detrás de la casa había levantado un vallado, que formaba un corral cuadrado, en que de noche recogía unas cabras que de día llevaba a pastar a la sierra su hijo menor, y había hincado una estaca de olivo al frente de su casa, con el fin de que pudiesen atarse en ella las caballerías de los escasos transeúntes de aquella vereda. La estaca se había coronado a la primavera siguiente de una verde guirnalda, y pasando años, cuidada por su dueño, se había hecho un olivo frondoso, que proporcionaba al ventero una bonita cosecha de aceitunas, que aliñaba, y eran, con el queso de sus cabras, los ramos de más despacho de su establecimiento. Muchos caballeros de Jerez que solían ir a cazar, descansaban en la ventilla del tío Basilio, haciendo un consumo, cuyo valor pagaban quintuplicado.

Cuando empieza nuestra Relación, la mujer del ventero había muerto, y su hijo mayor, de quien se había hecho cargo su padrino y tío, que era un religioso de Santo Domingo, había estudiado con gran proyecto la carrera eclesiástica, y pasado como capellán de un regimiento a Lima. Así era que el tío Basilio vivía solo y aislado, sin más compañía que la que le proporcionaba de noche su hijo menor, ente estúpido y de pocas palabras, que desde la muerte de su madre se había acabado de entumecer; porque así como las naturalezas físicas endebles necesitan nutrirse por más tiempo de los pechos de sus madres, las naturalezas morales endebles necesitan por más tiempo nutrirse de los cuidados y enseñanzas de estos sus terrestres ángeles custodios.

La humanidad tiene dos ideales: la Virgen y la Madre; así es que Dios las unió para formar el adorable Ser por medio del cual se identificó con ella.

Era una hermosa mañana del mes de Diciembre. Estaban sentados ante la puerta del ventucho, sobre un banco de tosca mampostería, el tío Basilio, que era ya un viejo débil y encogido, y su compadre el tío Bernardo, que era un anciano aún verde, robusto, ágil y jovial. Al frente, y a alguna distancia, estaba recostado sobre unas matas de palmito un muchacho de mediana estatura, de talle delgado, que vestía el traje de cazador, que consiste en unos sajones de raja, polainas y un capotillo que se pone por la cabeza como alforjas, de los que por la parte interior tienen faltriqueras, en que se guardan el pan y la caza menuda. Su cara pálida, aunque de buenas facciones, y como dice la expresión vulgar, pintadita, tenía algo de duro, y su mirada, poco franca, si bien denotaba agudeza, no tenía nada de la jovialidad tan propia de la juventud. A su lado estaba su escopeta y un reclamo (una perdiz) en su puntiaguda jaula, cubierta con bayeta verde. El silencio era profundo, y sólo interrumpido por el sonoro soplo de un viento largo, que no pudiendo hacer murmurar las recias o impasibles plantas del monte bajo de la dehesa, se arrullaba a sí mismo en suave cantinela. Sólo las gallinas, que tranquilas y satisfechas vagaban alrededor del ventucho, sentían su poder en sus airosas colas, que se doblaban, y solían arrastrar, haciendo dar traspiés a sus dueñas. El gallo de cuándo en cuándo alzaba su coronada cabeza, e irguiéndose hacia atrás, lanzaba al aire su canto, como para atraer a su amo parroquianos. El gato, primer inventor de lo confortable, había sabiamente escogido para acurrucarse un ángulo de la casa bañado del sol y al abrigo del viento, y en su duermevela gatuno echaba por entre sus guiñados párpados disimuladas miradas a unos gorriones que, como los pobres de la mesa del rico, venían a buscar las migajas de la mesa de las gallinas. El sol derramaba alegría, y el silencio paz en el alma: el magnífico cielo parecía elevarla, y toda la naturaleza infundía tal bienestar, que el sentimiento íntimo cantaba en el corazón: «¡Dios mío! ¡Qué buena es la vida cuando a Ti se somete como a su principio y como a su fin!»

-Vaya, compadre -decía su compañero al ventero-, no se queje usted, que parece usted pobre de sopa. Siempre está usted con turbieses. Míreme usted a mí, a pesar de mis cuitas. Cuando me voy a acostar, me quito el sombrero, lo pongo a un lado, y digo: «Aquí están las trampas.» Me quito la chaqueta, la pongo al otro lado, y digo: «Aquí están las penas.» Me presino, y duermo como un patriarca; pues sin trampas y sin penas, ¿quién no duerme bien? Y usted, al que no le falta sino sarna que rascar, está siempre atollancado. ¡Por vía de Barrabas!

-¡Y qué quiere usted! ¡Si este dolor de la pierna lo he estrenado hoy, y esto echa el ribete a la empanada! Casa vieja toda es goteras. ¡Y si no fuera mas que eso!

-¿Pues qué más le aqueja, compadre?

-¡Pues no es nada lo del ojo, y le llevaba en la mano! ¿Acaso no sabe usted que hay quinta, que han requerido a los mozos, y que mi José mete la mano en cántaro?

-¡Cómo ha de ser! ¡Ese hueso le tenemos que roer! No bien rompió mi Juan la casaca, cuando salió soldado mi Manuel; y tuve paciencia. Déjelo usted ir, compadre: así se espabilará, que metido como lo tiene usted con las cabras, está el muchacho endehesado. Yo fui soldado, y digo a usted que no me pesa, pues me hice un hombre en forma. Verdad es que fui asistente, y tuve un amo que no sé lo que era más, si valiente o si bueno. Le quería... que ni que hubiese sido mi hermano menor. ¡Mil vidas hubiese dado por él! Y no es un decir. Pues ¿ve usted esta cicatriz en la frente? Con ésta me señaló un francés en la batalla de Medellín, por ponerme por delante de mi teniente, a quien iba a matar. El matado fue él. Pero me dejó este rasguño por memoria. Su hijo de usted necesita espabilarse, compadre, que está cuajado, y no sirve para maldita de Dios la cosa.

-Señor, es un infeliz. No tiene las luces de su hermano el mayor, pero tiene sangre de horchata, compadre. Tiene el sentir mejor que el pronunciado.

-¡Ya! Entonces es como los borricos, que todo se les queda por dentro. Pues si no le quiere usted dejar ir, póngale un sustituto.

-¿Y de dónde saco yo esos caudales, cristiano?

-¿De dónde los saca usted? De donde los tenga metidos, compadre. Pues usted sus cuartos ha de tener; que bien le rinden sus cabras, y el despachillo bien le da. Mas que lo niegue usted, que es más estéril que un arenal, y no gasta mas que pachorra ni da mas que los buenos días. Así es que cuando uno se acerca por acá, sucede como en el rancho de los Malpartidas: sale el perro diciendo: ¡jambre! ¡jambre!, sigue el gallo cantando: siempre la hay aquí, y maúlla el gato: moriré estenuado, miau miau.

-Usted tiene siempre sobra de chacota y falta de razones. No se trata de bromas, compadre, sino de veras. ¿Qué hago, María Santísima, qué hago?

-Respirar por no ahogarse.

¡Solo me voy a quedar como un pitaco!

-Y hará usted malamente, compadre; traspase usted su venta, y véngase al pueblo.

-No puede ser eso, compadre. Aquí he vivido, estoy hecho, y no me hallo en otra parte alguna; aquí me he de estar hasta que deje ésta por la otra.

El joven, que hasta entonces había estado escuchando la conversación de los dos compadres, se levantó despacio, desperezándose y diciendo ¡upa!

-Hijo -le dijo el tío Bernardo, el compadre del ventero,

El que al sentarse dice ¡ay!

Y al levantarse dice ¡upa!...
No es ese el yerno
que mi madre busca.

-Es que ya he andado dos leguas -contestó el muchacho.

-¡Valiente puñado son tres moscas! -repuso el tío Bernardo-. Pero vamos a ver: ¿quién te manda andarlas? ¿No es tu oficio rapar barbas? ¿A qué te metes a tirador? ¿Por qué te metes a aprender latines? ¡Por vía de Barrabas! Para echarla de usía; porque tú eres de los que no se hallan bien donde Dios los ha puesto. Y ésos, hijo mío, no suelen andar en el mundo por la vereda derecha.

-Tío Bernardo -dijo el muchacho, echando al viejo una mirada rencorosa-, tiene usted la lengua muy larga y muy afilada. Pero ¡anda con Dios! que le custodian sus canas.

Diciendo esto, se alejó.

-¡Anda, anda, Juan Luis Navajas -le gritó el tío Bernardo-, que el mucho humo te ahoga! Y no me la vengas echando de pechisacado ni con amenazas; que a mí no me amedrentas tú, ni veinte monos como tú. Canas tengo; pero no me valen ellas para el que, como tú, no tiene ni fe ni ley. Lo que me vale es saber tú de atrás que a mí no me tienes que gallorear.

A pesar de que la serenidad de la atmósfera hizo que el que había sido nombrado Juan Luis Navajas no perdiese una palabra del áspero trepe que le dirigió el anciano, siguió su camino silbando y sin volver la cara atrás.

-¡Caramba, compadre, y qué rescuadra le ha echado usted al barberillo! ¡No parece sino que se la tenía usted guardada! -dijo el ventero.

-Y asina es, compadre -repuso el tío Bernardo-; porque ha de saber usted que mayor pícaro que ese no pisa las calles de Jerez. No todos le conocen como yo; pero yo le tengo calado como melón de plaza, y él lo sabe, desde cierto lance.

-¿Y a qué se mete usted con este hampón mal encarado? Mire usted que le puede salir caro; y ande usted con el ojo sobre el hombro. Por mí, cuando pasa de largo, le doy las gracias.

-Compadre, yo no le temo. Verdad es que me tiene ganas. Pero su pellejo guarda el mío.

El lance a que aludía el honrado anciano, y que nunca salió de sus labios, fue que una noche había acertado a pasar por un sitio retirado en que se hallaba Juan Luis escondido y en acecho de una venganza. El tío Bernardo, que vio relumbrar en su mano una abierta navaja, le dio con su chibata un vigoroso golpe en el brazo, que le hizo soltar el arma homicida. El buen anciano la recogió, a pesar de haber querido impedírselo el barberillo. «Oye, Juan Luis -le dijo-, no quiero perderte: si me lo quieres agradecer sé hombre de bien.»

Desde entonces, lo que debió ser agradecimiento se había tornado en el aprendiz de barbero en un profundo odio.

Si las malas y soberbias naturalezas se rebelan contra toda superioridad, hácenlo con redoblado tedio y encono contra la de la virtud, por ser la más incontestable.

Juan Luis se internó en la sierra, en donde a poco se encontró con José Camas y sus cabras. Fuese a él, como tenía de costumbre, para pedirle leche, y mientras José, que se entretenía mucho en su soledad con las cosas que solía contarle Juan Luis en pago de la leche, se apresuraba a ordeñar una de sus cabras, le dijo éste:

-¿Con que entras en suerte, José?

El más vivo terror se pintó en la cara del pobre idiota, que le respondió casi llorando:

-¡Mira tú, mi padre que no me quiere libertar! ¿De qué le servirán a su mercé sus dineros?

-¡Pues qué! ¿Tiene dinero tu padre? -preguntó Juan Luis.

-¡Vaya! Más de cien onzas, o una multitud asina; todo lo que gana lo hace oro. Y cuando murió el padre de mi madre tomó su mercé su parte de casa en duros de oro.

-Pero ¿dónde lo tiene guardado? -tornó a preguntar el cazador.

-Mi padre está en que yo no lo sé, porque me cree muy cuaco - respondió José echándose a reír-; pero lo sé; y muy bien que lo sé! Una noche, y cuando todo estaba solo, hizo su mercé un hoyo en la pared contra el suelo, debajo de la cabecera de su cama; allí lo metió y cubrió el agujero con un ladrillo y mezcla, y luego todo lo encaló: así sólo un zahorí da con el escondite. Pero ya que no me quiere libertar, voy a tocar de suela; y zapatos han de romper antes que den conmigo.

-No hagas tal, José -le dijo su interlocutor. ¿Dónde irás de prófugo que no den contigo los demás mozos? En cogiéndote te meten en gayola, y en seguida te cargan con el fusil. Mira, yo también entro en suerte; y si salgo soldado, iré con los otros: lo demás no es sino tirar coces contra el aguijón. Más adelante, y cuando se presente ocasión oportuna, desertaremos con más seguridad.

La cara del cabrero se iluminó al saber que Juan Luis iba a correr la misma suerte que él.

-¿Y me llevarás contigo si huyes? -le preguntó.

-Sí -respondió el aprendiz de barbero-, siempre que me prometas callar como un poste. ¿Lo harás?

-¡Por el alma de mi madre! -contestó el cabrero.

Algún tiempo después de las escenas referidas, había tenido lugar la quinta; y tanto al barbero como al hijo del ventero les había tocado la suerte de soldados, y habían sido conducidos a Sevilla. Como es de suponer, José cayó completamente en la dependencia de Juan Luis, que hizo de él una especie de asistente. Después de algunos meses de servicio en el regimiento, el barbero se propuso llevar a cabo el bien combinado plan de deserción que había urdido, y que sólo el día antes comunicó a su compañero.

Huyeron, pues, siguiendo la dirección del camino real hacia Jerez, internándose, antes de llegar a este pueblo, por la sierra de Algar. Al sol puesto estaban extenuados, y Juan Luis envió a su sede José a unos pastores que éste conocía, para pedirles pan; lo que hizo ciegamente. En seguida le dijo que cuando anocheciera y hubiese seguridad de que nadie transitase por la vereda, debería ir en casa de su padre, y haciéndole presente su situación, exigirle algún socorro para llegar a Gibraltar, en donde no les faltaría trabajo y seguridad. Pero cuando se acercó la hora, fue de parecer que valía más que fuese él mismo de parte suya, por tal de evitarle el primer ímpetu de cólera de su padre, a quien él se suponía capaz de convencer de la obligación y necesidad en que estaba de socorrer a su hijo. Cuando la noche hubo cerrado, emprendió Juan Luis su marcha; pero volviéndose atrás, pidió a José su navaja, por si le acometía el perro bravo de su padre, y asimismo un pañuelo para atárselo a la cabeza: ambas cosas le fueron al punto entregadas por José.

Al cabo de una llora, volvió Juan Luis. Si el pobre cabrero no hubiese sido simple, habría notado alteración en la voz de Juan Luis cuando éste le aseguró que había hallado a su padre inflexible; que sólo había podido arrancarle su traje de pastor; que se le traía para que se le pusiese y se internase en la Sierra, pues eran perseguidos; que por más seguridad, era necesario separarse; y que él se iba hacia Portugal, donde esperaba quedar oculto.

Abría el día tras de los montes de Ronda, sonrosado, fresco y perfumado, como se abre una rosa. La naturaleza cantaba por las gargantas de sus pájaros; el ganado mugía; las yeguas venidas para la trilla unían el sonido metálico de sus cencerros a las demás armonías campestres, y el labrador se persignaba antes de emprender el afanoso trabajo de la siega, que no obstante ama instintivamente, pues es la recolección del gran don de Dios ¡el trigo! el trigo que tanto venera el pobre, pues es el santo alimento que Dios le enseñó a pedirle!

Caminaba el tío Bernardo como siempre, con firme paso y ligero corazón, hacia el monte de que era guarda; acercábase a la venta de su compadre, y al llegar, extrañó ver la puerta abierta.

-¡Vaya -pensó-, que ha madrugado el compadre! Me alegro. Por lo visto, no le aqueja hoy achaque.

Asomose a la primera pieza; pero a nadie vio.

-¡Compadre! -gritó en recia voz.

Y nadie contestó. Sólo el perro del ventero aulló lúgubremente.

El tío Bernardo pertenecía a una clase de hombres comunes en España, que tienen una impasibilidad completa, que ni altera el temor ni perturba la sensibilidad, que reciben las impresiones claras y definidas por la razón, y no por confusa aglomeración de sensaciones, las que anticipan los hechos y los abultan. Y no obstante, la soledad, el aire de abandono, el hosco silencio, sólo interrumpido por el lúgubre aullido del perro, que parecía helar aquella casa, le impusieron. Parose un momento, y volviendo la vista en torno suyo,

-¡Jesús María! -exclamó con hondo acento, al ver caída en el suelo una ensangrentada navaja.

Arrojose hacia la alcoba, empujó con violencia la puerta, y apenas la hubo abierto, dio un paso atrás. Deshecha la cama, su mal colchón tirado en el suelo cubría un bulto, pero no tanto que no asomase una mano lívida, la que yacía en una laguna de sangre: a su lado estaba sentado el perro, que volvió a aullar con más desconsuelo al ver entrar al amigo de su amo. Las tablas y los bancos de la cama habían sido desviados con violencia de su sitio, y en el suelo se veía una palanqueta, con la que se había abierto un hoyo en la pared cerca del suelo: allí, un hueco oscuro y vacío; y cerca, algunos escombros con manchas de sangre. Todo esto lo vio y observó el tío Bernardo de una sola mirada.

-¡Robado! -murmuró-. ¡Su oro le perdió!

Acercándose en seguida al colchón, lo levantó por una punta. El infeliz ventero yacía boca arriba: en la lucha que debió preceder a su muerte, su camisa se había desgarrado, y así dejaba descubierta una enorme herida que atravesaba su vientre. Agotada la sangre que por ella se había vertido, veíanse los bordes de la herida gruesos y blancos desviarse uno de otro, como para dejar entrever las destrozadas entrañas de la víctima; la que con los ojos de par en par, y desatentados, y la boca abierta, como lanzando el último grito para pedir socorro, yacía, ofreciendo el más espantoso cuadro que puedan formar la muerte violenta y el crimen misterioso.

-¡Muerto! -murmuró el tío Bernardo-. ¡Dios le haya perdonado! -añadió, dejando caer el colchón sobre el horroroso espectáculo, que horas después había de hacer desmayarse a un joven escribiente, que acompañó al juez al lugar de la catástrofe.

El tío Bernardo salió, ató una cuerda al perro, que se llevó consigo, atrancó la puerta de la casa lo mejor que pudo, y se volvió a Jerez a dar parte a la justicia.

Del sumario y declaración de testigos resultó averiguarse:

Que el ventero debía tener una buena cantidad de dinero; lo que era confirmado por los altercados que tuvieron el padre y su hijo José sobre ponerle sustituto; afirmando el muchacho a cuantos hablaba, que a su padre le sobraba dinero para libertarlo, y negándolo el primero;

Que el escondite donde guardaba ese dinero era evidentemente el hueco vacío, abierto aquella noche en la pared, y que nadie podía tener noticias de este lugar secreto sino su hijo;

Que la navaja teñida en sangre hallada en la pieza inmediata, con la que indefectiblemente se cometería el asesinato, pertenecía a José, como lo afirmaba el armero que se la vendió en días de marchar;

Que según una requisitoria enviada de Sevilla, había desertado José de su regimiento la víspera de la infausta noche en que se cometió el crimen;

Que la tarde antes, al ponerse el sol, había vagado el desertor por las cercanías, según deponían unos pastores, a los que había pedido pan y agua, por no haber probado bocado en todo el día;

Que buscando la partida al delincuente, habían hallado entre unas matas un pañuelo ensangrentado, que presentado a una mujer que lavaba la ropa al padre y al hijo, había reconocido como perteneciente a José;

Que, fuera del dinero, lo único que había faltado de casa del ventero, habían sido la zamarra y calzones de piel de cabra que como pastor gastaba José, y algunas otras prendas de vestir del mismo.

Por consiguiente, alcanzó el juzgado la convicción de que era José el parricida, y el pueblo alzó su poderoso anatema contra el desnaturalizado hijo, y levantó con horror su dedo señalando aquella solitaria venta, antro del más espantoso atentado, la que fue abandonada, después de clavar en la puerta una cruz negra, y quedó silenciosa y vacía como un horroroso cadalso después de haber servido. El techo se hundió, el olivo se secó, y el vallado se desmoronó, cual si el terrible simoun hubiese pasado sobre ellos!

En noches tempestuosas, cuando el viento que gime busca por simpatía los lugares que asombran, entrábase a aullar en la vacía estancia, y algún portazo que daba con violencia hacía estremecerse al guarda o al pastor que vagaban en aquellas cercanías!

Mas el reo no pudo nunca ser habido.

Algún tiempo después de la perpetración del crimen cometido en la solitaria venta, llegaba a un cortijo situado en la vertiente de levante de la sierra de Ronda, no lejos de Coín, un hombre vestido de cabrero, enfermo y extenuado. Compadecidos los trabajadores y el aperador, le auxiliaron en lo que pudieron, y preguntándole quién era y cómo se hallaba en aquel estado, les respondió que era su oficio cabrero; que habiendo salido soldado, había desertado porque no se hallaba sino en los montes y al aire libre. Casualmente necesitaba el dueño del cortijo de un cabrero; y así, en cuanto restablecido estuvo, pusieron a su cuidado una piara de cabras, con las que se internó en los montes, en donde siguió oculto y desconocido, vegetando tranquilamente con los alcornoques, robles y acebuches, sus compañeros.

Por este mismo tiempo salía de Gibraltar un barco con destino a Lima. Veíase pasear sobre cubierta un joven con elegante vestido de viaje, con un casaquín de mahón, pantalón igual, y un sombrero de ancha ala, rodeado con primor de una cinta negra, cuyos cabos pendían por la espalda. Este joven, de aire petulante e insolente, era llamado D. Víctor Guerra, y según se susurraba, aunque no se sabía por él, iba a Lima a recoger la herencia de un pariente; por lo cual los demás pasajeros le acataban, incluso el capitán, bien ajenos de que aquel que por la insolencia con que se daba tono sentaban cortésmente a la cabecera de la mesa, era un aprendiz de barbero, un desertor, un ladrón y un infame asesino! Porque este pasajero arrogante era Luis, el asesino del infeliz ventero, que provisto de documentos falsos, fabricados por un judío en Gibraltar, y bien equipado a favor de las robadas onzas, iba a América a probar fortuna, siguiendo las inspiraciones de su desmedida ambición y de su colosal orgullo.

Cuando llegó a Lima, intentó varios medios de prosperar; pero en ninguno medró, faltándole conocimientos y perseverancia: sólo en el juego tuvo suerte, como suele acontecer a los pícaros. No obstante, esto no bastaba para llenar sus altas miras, ni para sostener el boato en que vivía: sus recursos disminuían, y el porvenir no le brindaba esperanzas. Así es que se decidió, con la audacia que le era natural, por la carrera de las armas; porque siendo valiente, y estando estimulado por su ansia de figurar y de ocupar un puesto lucido en la sociedad, sentía que no habría en su azarosa carrera empresa ardua que no estuviese pronto a acometer, ni hipocresía que no fuese capaz de sostener sin marrar ni deslizarse, para llegar a sus fines. Ardía entonces en Lima la guerra, a que puso término la batalla de Ayacucho.

Ayacucho, que en lengua india significa el campo de los muertos, fue el lugar en que en tiempo de Carlos III levantó el indio Tupac-Amaro el estandarte de la rebelión contra la Metrópoli, el cual fue sometido por la lealtad y esfuerzo del general Don José Lavalle, primer Conde de Premio Real; y en ese mismo Ayacucho, campo de los muertos, fue donde en el año de 1824 murió desgraciada e inopinadamente la dominación española en aquella parte de América.

Presentose el falso D. Víctor con su habitual osadía al general, que se apresuró a admitir entre sus filas al gallardo joven; el que, a poco tiempo, de cadete pasó a alférez, distinguiéndose en todas ocasiones por su bizarría, su actividad e inteligencia. Había sabido insinuarse con todos los oficiales que alternaban amigablemente con él, y sobre todo hacerse buen lugar con el coronel de su regimiento, hombre de mucho mérito y distinción, que había casado en Lima con una mujer rica, y tenía una hermosa familia, compuesta de una niña y dos niños. Eran éstos instruidos por el capellán del regimiento, que gozaba de la confianza y amistad del coronel, porque a las virtudes del sacerdote y al carácter más suave y apacible, unía las más excelentes cualidades del hombre, y un saber poco común.

Hacía algún tiempo que D. Gaspar Camas, a quien todos llamaban el Padre Capellán, había caído en un profundo abatimiento, cuya causa se supo pero sobre la cual todos callaban, como si por instintiva benevolencia esperasen que el silencio trajese en pos de sí el olvido.

Una tras otra, y con corto intervalo, había recibido el Capellán las infaustas nuevas de la deserción del servicio del rey de un hermano suyo, la del asesinato de su padre, y la de la muerte del rector de Santo Domingo, su tío y padrino, que le había educado, y al que todo lo debía. Profundamente afectado por tamañas desgracias, el Padre Capellán había querido volverse a Europa y retirarse a la soledad; pero los ruegos del coronel y de su mujer, y el entrañable cariño que tenía a los niños, le detuvieron.

Búrlase a veces la suerte de la justicia con descaro, y la justicia se da por vencida, porque su reino no es de este mundo. Así se verificó en la relación que vamos a hacer. No era sólo el valor el que proporcionaba a D. Víctor Guerra cada día nuevos lauros, puesto que en el regimiento había otros muchos tan valientes como él; sino era también la fortuna, que no dejaba de brindarle las ocasiones de distinguirse, que negaba a otros. Ella era la que ponía su dinero al naipe que había de ganar; ella la que desviaba los tiros del enemigo del pecho de su protegido; ella la que le inspiraba y sostenía; ella la que le empujaba con su gran ariete, la audacia; en fin, era la locomotora, que impulsaba su rápida carrera.

No es una verdad nueva -pocas lo son- que el éxito es el que da valer a las personas y mérito a las empresas. ¡Cuántos han pasado por menguados sin serlo! ¡Cuántos por entendidos sin tener nada de ello, porque a la Fortuna le plugo burlarse de la Justicia, según llevamos observado!!! ¡Y qué bien dijo un Perogrullo cualquiera, cuando deseó a su deudo fortuna y no saber! En la opinión de los hombres influye el éxito tan poderosamente, que el que logra, es encomiado, admirado y celebrado necia y estúpidamente; así como el que no logra, es puesto a un lado y despreciado, mientras se ríe la Fortuna de este ridículo género humano, y llora la Justicia su impotencia sobre la necia muchedumbre.

Varios años pasaron, en los que el fingido D. Víctor de cadete llegó a comandante. El nuevo comandante deslumbraba con su lujo, su aplomo y su envalentonamiento. ¿Parecíale al asesino que el aprecio ajeno echaba indulto sobre su impune crimen? ¿Hacíase ilusión de que la nueva posición que se había labrado, cubría con su esplendor el negro y ensangrentado hoyo, en que robó su fortuna? ¿Creía acaso que con haber mudado de nombre se había regenerado como el fénix, y que con el nombre del que le cometió, era extinguido su delito? ¿Tenía conciencia? ¿Tenía remordimientos? Tenía siquiera el temor indefinido de que el ocultísimo delito se descubriese? -No podríamos decirlo; porque éstos son arcanos de la maldad que sólo ella comprende.

Pero lo que sí creemos es que hay hombres tales, que en ellos duerme tranquila la conciencia cuando no la estimula y despierta el temor. Cuando éste falta -por la seguridad de la ocultación de la realidad en cuanto a la vindicta humana, y por falta de temor nacida de la ausencia de la fe y religión, en cuanto a la justicia divina-, la conciencia decae, se duerme, se aletarga. Pero momentos hay en los que Dios, por su divina misericordia, la sacude, la despierta, la vigoriza. Uno de estos momentos es el de... la muerte! Y este momento parecía haber llegado para D. Víctor Guerra, cuando recogido en unas angarillas en el campo de batalla de los llanos de

Junín, era traído a su alojamiento con el pecho atravesado por una bala enemiga.

Después de la primera cura el cirujano mandó que se avisase con prisa al Capellán, para que viniese a prestar los socorros espirituales al moribundo.

No tardó aquél en presentarse, y los amigos y demás oficiales pasaron a la pieza inmediata, dejando solos al sacerdote y al moribundo.

Media hora después salió el Capellán. Su rostro estaba espantosamente demudado, su palidez era lívida, y sus esfuerzos no bastaban a comprimir un temblor, que hacía entrechocarse sus dientes con el cristal del vaso de agua que se apresuraron a ofrecerle.

-No es nada, no es nada: un vahído -respondía el Padre a las preguntas que le hacían-. Ese cuarto tiene un ambiente sofocante, y antes de venir me sentía indispuesto. No es nada, señores: esto pasará al aire libre. Acudid al enfermo, que me parece siente alivio.

Efectivamente, hallaron al herido sumido en un sueño benéfico.

¿Qué había puesto a este sacerdote, tan naturalmente sereno, en tal estado? El lector, que conoce los antecedentes del moribundo, podrá inferirlo. ¡Acababa de absolver en nombre de Dios, cuyo ministerio ejercía, al arrepentido asesino de su padre!

El Padre Capellán había salido, y se había dirigido con pasos trémulos a la iglesia: allí habla caído postrado, en cuya postura permaneció horas. Y cuando salió del templo, veíase como siempre su frente serena, sus ojos tranquilos y su boca benévola.

Habían vencido, en aquella entrevista con Dios, el santo deber a los efervescentes sentimientos humanos; el ministerio a la personalidad; el sacerdote, al hombre! La calma habla vuelto a su ánimo; mas el físico se resintió. Al entrar en su casa fue acometido de unas calenturas cerebrales, que le quitaron todo conocimiento: su esfuerzo heroico le habla rendido.

Creése teorías morales, abstracciones místicas, exageraciones religiosas, la repetida doctrina de que las desgracias y males terrenos suelen ser favores de Dios: verdad que vemos confirmada todos los días; pero que a pesar de eso es relegada por los pensadores filósofos entre las consejas de los estúpidos tiempos pasados.

La desgracia que había puesto a D. Víctor Guerra a los bordes del sepulcro, había sido el golpe con que Dios había despertado aquella entumecida conciencia. Si hubiese muerto empapada su alma en lágrimas de contrición, después de purificada por la expiación, se hubiese salvado. Si aun quedando en vida, otras desgracias le hubiesen sobrevenido, acaso habría perseverado en la buena senda de la penitencia. Pero no fue así! Apenas convalecía, cuando un coro de alabanzas por su nueva hazaña vino a lisonjear su orgullo, y esperanzas de adelanto volvieron a soplar sobre su insaciable ambición. Los tres galones de coronel brillaron en su porvenir como un punto luminoso y culminante. Mareado y deslumbrado, no pensó mas que en las glorias de la tierra. La conciencia, los remordimientos, los santos propósitos, se desvanecieron: los ángeles buenos se velaron la faz, y huyeron de su cabecera!

Algún tiempo después, su coronel, que ya entonces era general, volvía a España con toda su familia, y persuadía a D. Víctor Guerra, ya a la sazón coronel, que le acompañase. Éste, que veía cumplidos sus más ardientes deseos, concibió el propósito de alcanzar el apogeo de su suerte consiguiendo unirse a la hija del general, que a una gran belleza y a una excelente educación, unía las no menos codiciadas ventajas de ser de nobilísima estirpe por su padre, y heredera de una gran fortuna por su madre.

Hundía la mente del ambicioso lo pasado en la profunda sima de lo borrado e inaveriguable, con reflexiones tranquilizadoras que de continuo se hacía. Desde su salida de España, se decía para sí, habían pasado diez años: era imposible que nadie reconociese en el brillante coronel D. Víctor Guerra a Juan Luis, llamado por mal nombre, Navajas, aprendiz de barbero de un barrio de la ciudad de Jerez. En cuanto a la muerte de un ente pobre, insignificante y aislado, como el ventero, era un hecho del que después de tantos años nadie haría memoria.

El general quiso igualmente llevarse consigo al Capellán, que sólo permanecía en América a instancias suyas; pero sabiendo éste que les acompañaba el coronel, buscó un pretexto plausible para eludirlo y separarse por algún tiempo de sus amigos.

Los viajeros llegaron felizmente a Burdeos, destino del barco a cuyo bordo iban. De allí pasaron a Marsella, y de este punto a Málaga, que era la patria del general.

Sólo después de haber llegado a esta ciudad se determinó el falso D. Víctor a pedir al general la mano de su hija, de quien había sabido hacerse amar, y a la que se hacía ilusión de adorar.

Nunca había amado aquel hombre sin corazón, y cuya vida agitada e inquieta, toda dedicada a dos fines, que eran conquistar un futuro tan incierto y eventual, y cubrir un pasado tan tremendo y amenazador, no le había dejado notar que en la tierra germinan perfumadas flores y en el corazón dulces afectos. Pero ahora se persuadía de que amaba con furor; y no se mentía del todo a sí mismo. Hay personas, así en el sexo femenino como en el masculino, que aman en los objetos de su cariño, no su individualidad, sino la posición, lustre y ventajas que el ser amados de ellas les proporcionan; que equivocan, por tanto, la pasión de la vanidad con la del amor. Sobre este asunto sabemos otro drama, que puede que refiramos otro día.

La proposición de Guerra no agradó al general, a pesar de la predilección con que le miraba; porque era evidente que podía aspirar su hija a un enlace más brillante. Pero las lágrimas de ésta y la intercesión de su madre, que la patrocinaba, acabaron por triunfar de su oposición.

El coronel tocaba, pues, a la cima de su ventura: se acercaba el momento en que nada le quedaría que pedir a la fortuna, que le daba aún más de lo que se había atrevido a pedirle. Pero acaecía que mientras más brillante se le hacía lo presente, más espantoso yacía a lo lejos lo pasado; puesto que, mientras más se desviaba éste, y mientras más glorioso aparecía el primero, más horroroso se hacía el segundo; y por lo tanto, más espantosa la posible reunión y choque de ambos. Apartaba los ojos de este inmóvil pasado; ¡pero no por eso se desvanecía' Muchas noches se dormía sonriendo a sus glorias, a sus amores, a sus esperanzas, y solíale despertar una horrorosa pesadilla. Ya oía una voz que le llamaba por su nombre y por su odioso apodo; ya veía a José Camas aparecer como testigo acusador de la muerte de su padre; ya al ventero, de rodillas, pedirle la vida; ya maldecirle en las ansias de la muerte! Pero con los rayos del sol se desvanecían estas negras y lúgubres visiones, y volvía la confianza a su ánimo. Con el uniforme tornábase el altivo y osado D. Víctor Guerra; y al lado de su prometida, se decía: «Seguro estoy a la sombra de rama de tan buen árbol.»

El general marchó con su familia a Madrid, en donde estaba establecido su hermano mayor. El coronel, que estaba en Málaga de reemplazo, tuvo que permanecer allí, por haber sido nombrado por la autoridad militar para presidir un Consejo de Guerra, que debía juzgar a un desertor con circunstancias agravantes, cuyo regimiento había pasado a Cuba, y que había sido hallado después de muchos años de estar prófugo.

Habíase reunido el Consejo en el día señalado. Seis capitanes, formando un medio círculo, oían religiosamente la acusación, que, con los datos recogidos en el teatro del crimen, leía el fiscal. Era ésta la de José Camas, cabrero de oficio, desertor y parricida. Del todo entregados a la alta misión que les era confiada, los capitanes no notaron la lívida palidez que, como una mortaja, se extendió sobre el rostro del presidente al oír la acusación y el nombre del reo, ni le vieron inmóvil retener con esfuerzo de atleta las oscilaciones de su oprimido pecho.

La lectura seguía, y las pruebas eran tremendas e irrecusables.

Entonces un pensamiento de aquellos que envía el infierno desde su más profundo seno a los hombres que ya tiene conquistados, se presentó fatídico y claro, como el relámpago que de su centro lanza una negra nube, al presidente. Y fue éste: «¡La muerte de este idiota es la lápida que para siempre sepulta mi secreto!»

Un momento después añadió mentalmente la vulgar máxima expresada por algún La Rochefoucauld popular: «Dijo mi vecino: 'Si uno ha de morir, que se muera mi padre, que es más viejo que yo.'»

La acusación terminaba pidiendo la pena de muerte. La defensa fue endeble, pues no hallaba bases en qué fundarse, ni apoyo en el reo, que nada decía para disculparse, y no hacía más que llorar negando su crimen.

El infeliz fue introducido y sentado en el banquillo.

El coronel volvió su desatentada vista hacia otro lado.

-Pueden ustedes interrogar al reo -dijo el presidente con voz firme, aunque ronca y sorda.

Los tres capitanes más jóvenes miraron con profunda compasión a aquel infeliz, envuelto en sus pieles de cabra, indefenso, estúpido, abatido y lloroso como un niño.

-¿No decís que en la noche en que se cometió el crimen no estabais solo? -preguntó el primero.

-Sí señor.

-¿Pues con quién estabais?

Al presidente le acometió en este instante un violento golpe de tos.

-No lo puedo decir -contestó el encausado.

-¿Y por qué?

-Porque así lo prometí -repuso llorando el infeliz preso.

-¿Y qué hicisteis con el dinero robado? -preguntó otro de los vocales.

-¡Señor, si yo no he robado dinero ninguno!

-Sistema completo de denegación -dijo otro-. ¡Qué hipócritas los hay entre estos rústicos del campo!

-¿Reconocéis esta navaja? -preguntó otro, descubriendo la que se hallaba sobre la mesa.

-¡Yo no! -respondió el reo, que después de diez años no recordaba su navaja.

-Basta, señores -dijo el presidente, que al ver la navaja se había puesto de pie con desaliento-. Que se lleven al reo.

-¡Señores, por amor de María Santísima, mirad que soy inocente! -exclamó el preso cruzando sus manos-. ¡Tened compasión de mí, por la sangre de Nuestro Salvador!

-¡Que se lo lleven! -gritó el Presidente.

-¡Señores, soy inocente, soy inocente! -gemía el infeliz entre sollozos mientras se lo llevaban.

-Yo así lo creo -murmuró compadecido el más joven de los vocales.

-¿Y en qué fundais esa creencia? -preguntó con vibrante voz el presidente.

-En que al ver a ese hombre, he sentido llenarse mis ojos de lágrimas -contestó el capitán.

-¡Prueba contundente! -dijo irónicamente otro de los capitanes. ¿Asistís por primera vez a un Consejo de Guerra?

-No señor -contestó el joven con viveza-: he asistido a otro, en el que con horror y repugnancia condené al reo, porque sobre mi conciencia me obligaba por juramento el Código a hacerlo. Pero esta vez, y en atención a este mismo juramento, le absuelvo.

-Sois dueño de hacerlo -dijo el presidente-; pero no ignoráis que debeis dar vuestro voto por escrito y a vuestro turno.

-Es el mío el primero -repuso el joven, acercándose al pliego y escribiendo su voto por la vida.

Los demás escribieron sucesivamente los suyos, y cuando llegó el pliego a manos del presidente estaban los votos empatados.

La juventud, cuya hermosa prerrogativa es la generosidad, había votado por la vida; los otros tres vocales por la muerte. ¡El voto del presidente iba a decidir! Éste no vaciló, y tomando la pluma, escribió:

«Visto lo que arroja de sí la causa de José Camas, es mi voto sea condenado a la pena de ser pasado por las armas, con arreglo a ordenanza y reales órdenes aclaratorias del 17 de Febrero de 1778 y 6 de Marzo de 1815.» Y firmó: Víctor Guerra.

Al día siguiente salía en posta el coronel para Madrid; al otro era fusilado el infeliz José Camas. ¡Pobre justicia humana! ¡Qué infalible te crees en tu arsenal de leyes y de Códigos! ¡Y qué! ¿No basta una sola sentencia condenatoria infligida a un inocente, para hacer que se suprima ese terrible derecho de condenar a muerte, que a tan atroz, aunque involuntario, atentado puede dar pábulo?

Poco tiempo después de los sucesos referidos, se hallaba el Padre Capellán: de regreso en Europa, encerrado en su habitación de Jerez, entregado al más profundo dolor. En sus manos tenía un papel público, en el que con fecha de Málaga se daba cuenta de la ejecución de un parricida. «Este infeliz -decía el papel-, llamado José Camas, convicto por irrecusables pruebas, nunca confesó su crimen. Fuese natural o fingida estupidez, no pudo o no quiso alegar ningún descargo, ni aun disculpa alguna que atenuase su horroroso atentado. Murió humilde y abatido, sin dejar hasta el último instante de protestar su inocencia.»

A esto seguía la lista del presidente y vocales que habían compuesto el Consejo de Guerra...

-¡Él! ¡él! -murmuraba con asombro D. Gaspar-. ¡Él condenar al infeliz, cuya inocencia le constaba! ¡Pobre hermano, más cruelmente asesinado que su padre! ¡Pobre ser, que se ha entregado indefenso a la fiera que le ha despedazado!

El Capellán había dejado caer la cabeza entre las manos, y de cuándo en cuándo un sollozo hondo y seco desahogaba la opresión de su pecho. Dieron unos golpes a la puerta de su cuarto.

-No puedo ver a nadie -dijo con alterada voz el Padre Capellán-: estoy indispuesto.

-Abra usted, señor D. Gaspar, que soy yo, Bernardo, y me precisa hablarle -dijo una voz desde fuera.

El Padre Capellán, que conoció la voz del anciano amigo de su padre, serenó en cuanto pudo su semblante, y abrió.

-Tío Bernardo -le dijo-, sabéis la nueva desgracia con que Dios me aflige, y que no estoy capaz de ver a nadie.

-Todo lo sé -contestó el anciano-; y más de lo que cree su mercé. Y así vengo a decirle que su hermano era inocente.

-Harto sé -repuso el Capellán- que aquel infeliz era incapaz de cometer un crimen. Pero tales han sido las apariencias, tal su inercia en defenderse, que la verdad no ha podido hacerse luz.

-Su hora le llegará, D. Gaspar -repuso el veterano.

-¡Y será tarde! -gimió el Capellán, dejándose caer en un sillón.

-Ésta será la pena que amargue lo que me queda de vida, señor -dijo el tío Bernardo, por cuyas atezadas mejillas se resbalaron las dos primeras lágrimas que había vertido aquel hombre, cuya entereza rayaba en estoicismo-. ¡Pero este José no parece sino que era el primer interesado en que se cumpliera su desgraciado sino! Le había encargado que lo primero que hiciese si llegaban a prenderle, fuera avisarme, y es lo primero que no hizo! Dios le crió corto de luces, y con su aislada vida se acabó de entumecer.

-¡Pues qué! ¿Le visteis después de haber desertado? -preguntó el Padre Capellán con ansia.

-Sí señor -contestó el tío Bernardo-. Pero escuchadme, que todo os lo voy a referir. Desde que cundió la voz de que José era el matador, dije yo que no lo era; y me las mantuve hasta con el juez, que me mandó llamar. No tenía más razón que alegar sino que conocía a aquel infeliz, que no era capaz de matar ni una mosca, y que esta convicción era más fuerte que cuantas pruebas me pusieran delante. Mis sospechas tenía yo de quién fuese el reo, porque también le conocía de atrás; pero no podía aventurarme a nombrarle sin una prueba que a ello me autorizase.

-Pero ¿a quién sospechais de ese atentado? -preguntó el Capellán, clavando los ojos en su interlocutor.

-A un alma de Caín que vos no conocéis, Padre. Ésa es harina de otro costal, y saldrá a amasarse a su vez: todo se andará, si la soga no se quiebra! Había yo recogido, cuando la desgracia, el perro de mi compadre, que era valiente y fiel, como de buena casta. Un día que pasaba por la abandonada venta, el animal se paró en la puerta, y se puso a aullar lastimosamente. Por más que le llamaba, no quería seguirme, ni desviarse de la puerta. «Preciso será -dije para mí- abrirle, para que se desengañe de que su amo no está allí.» Abrile la puerta, que por aquel entonces aún estaba en su lugar, y el animal entró presuroso. Anduvo las estancias como buscando, parándose de cuándo en cuándo para alzar la cabeza y dar aullidos, hasta que llegando a un rincón, en el que solía dormir sobre un montón de paja, sacó de entre ésta un girón de tela que se puso a despedazar con rabia. Me tiré a él, y le quité aquel girón, que al examinarlo, hallé ser la tira de un pantalón, que desde luego discurrí habría arrancado aquel valiente animal al asesino al verle acometer a su amo. Conocíase que el perro había saltado a la cintura del dueño de aquel pantalón, porque desde allí estaba arrancado el pedazo, el que, tirado con violencia, se había rajado hasta abajo; en un lado había una pequeña faltriquera, y en esa faltriquera una carta.

-¡Una carta! -exclamó agitado el Capellán.

-Sí señor, una carta: aunque era de amores y nada aclaraba, tenía el sobre, y esto bastaba; que, una chispa enciende una llama grande.

-¡Tío Bernardo! -exclamó el Capellán, levantándose y cruzando sus manos sobre su cabeza-. ¡Teníais en vuestras manos su salvación, y habéis dejado morir a un inocente!

-Aguarde su mercé, señor, que no he acabado -repuso el tío Bernardo con calor-; oíd hasta el fin, y juzgad después. Al pronto -continuó el anciano- no supe qué hacerme. José andaba prófugo por desertor, y no había podido ser hallado; y otro tanto sucedía al reo. Pensé que si ese malvado llegaba a saber que era acusado, sería capaz de matar a José para que nunca pudiese atestiguar contra él. Así, discurrí que era más precavido guardar esta prueba de su culpa hasta que fuese preso, y de esta suerte, imposibilitado de cometer una nueva maldad. Tenía encargado a un escribano, prometiéndole un buen estipendio, que me avisase cuando viese en los papeles la prisión del uno o del otro, a pesar de que siempre estuve en el entender de que aquí serían traídos para seguirles la causa. Mas ambos parecían haber caído en un pozo, porque pasaron los años sin que nada se supiese de ninguno de los dos. Andando el tiempo, lleváronme unas diligencias de que fue encargado a Ronda, y desde allí tuve que andar algunos pueblos. Un día que me había internado en el monte tras una liebre, me hallé con un cabrero, en el que con sorpresa reconocí a José.

-¡Muchacho! -le grité-. ¿Tú por aquí?

-Sí señor, tío Bernardo -me contestó sin alterarse-. Pero no se lo diga usted a nadie, no sea que me quieran volver a llevar al regimiento a ponerme casaca y corbatín.

-¿Y te desertaste solo? -le pregunté.

-No señor, con otro; pero no puedo decir quién es, porque así me lo pidió, y se lo prometí por el alma de mi madre.

-Bien está, no te lo pregunto -le repuse-; pero di, hombre, ¿qué hicieron ustedes al desertar?

-Nos vinimos a la sierra de Algar -contestó-: al anochecer, mi compañero me mandó pedirle pan a unos pastores que yo conocía, porque estábamos desfallecidos.

-Ya -dije-, ya estoy. ¿Y qué hicieron ustedes después?

-Aguardamos la noche -me contestó José-; y entonces fue mi compañero a ver a mi padre, por si nos quería socorrer.

-¿Y por qué no fuiste tú? -le pregunté.

-Porque mi compañero dijo que mi padre se pondría fuera de tino si me veía desertado.

-¿Y no te pidió nada tu compañero?

-¿Qué me había de pedir? Pero... sí! Recuerdo que me pidió mi navaja y un pañuelo, que no me devolvió ni yo le pedí, porque cuando vino estaba desatentado, habiendo visto a uno de la partida que nos venía persiguiendo. Me trajo el pobrecillo -¡Dios se lo pague!- mi ropa de pastor, que le pidió a mi padre, diciéndome que me la pusiera y me metiese por los breñales de la sierra; que él iba a tirar hacia la raya de Portugal. Y aquí estoy.

-¿Y no te dio parte de lo que le dio tu padre? -le pregunté.

-¡Qué había de dar mi padre! ¡Dar! ¡Ya iba! Nada le dio; eso bien se lo previne yo antes que fuese a pedírselo.

-Es que tu padre no tendría dinero, hombre -le dije.

-Sí señor. ¡Vaya si tenía! Y más de cien onzas de oro también! Que yo las cuque (las atisbé).

-¿Y le dijiste esto a tu compañero?

-Sí señor; pero a la par le dije que antes se le arrancaba a mi padre el corazón que sus onzas; y así sucedió.

-Oye, José: ¿y no te dijo tu compañero que tu padre había muerto?

-¡María Santísima, señor! ¡Pues qué! ¿Se ha muerto su mercé?

Mis temores tenía lo de que aquel condenado hubiese podido pervertir a José, porque al fin dice el refrán que la sangre se hereda y el vicio se pega; pero hizo el cuitado esta pregunta con tanta sorpresa y dolor, que si aún me hubiese quedado duda sobre su inocencia, se hubiese desvanecido.

-Sí, hombre -le dije-; murió!

Entonces José se puso a llorar a sollozos; le consolé cuanto pude, y acabó por decirle que vería de lograr su indulto. Pero que si entre tanto era reconocido y preso, le encargaba que lo primero que hiciese fuera darme aviso; lo que me prometió: después de lo cual nos despedimos. Apenas había andado unos pasos, cuando me volvió a llamar.

-Tío Bernardo -me dijo-, en la pared de la cabecera de la cama de mi padre, pegado al suelo, hay un hoyo en donde tenía mi padre emparedadas sus onzas; sáquelas usted y mándele decir misas al pobrecito de mi alma.

-Bien está -contesté, compadecido de ver cuán ajeno estaba el cuitado de la espantosa realidad y del tremendo cargo que, gracias a las astucias endemoniadas del otro, sobre él pesaba.

Vuestro padre fue el muerto -prosiguió el tío Bernardo, presentando a D. Gaspar la tira del pantalón que contenía la carta-: aquí tenéis la condenación de su verdugo!

El Padre Capellán alargó bruscamente la mano para asir lo que le presentaba su interlocutor; pero la retiró con un movimiento de horror.

-Envolvedla de nuevo en los papeles en que la guardabais -le dijo.

Y mientras el tío Bernardo cumplía con despacio el encargo, el Padre Capellán se paseaba en un violento estado de agitación por la estancia.

-Ya está -dijo al fin el anciano, alargando un bien envuelto bulto al Capellán.

Mas éste, parándose ante su interlocutor, pálido y alterado el semblante, pero con una mirada resignada, le dijo:

-Los muertos sólo necesitan sufragios. Guardad vuestra prueba condenatoria: yo la rehúso.

-Señor -exclamó el anciano-, ¿no deseáis que se castigue a un criminal?

-No, porque... esto nada remedia!

-¿Y os parece poco que se sepa la verdad? ¿No queréis reivindicar la memoria de vuestro hermano?

-¿Para qué? -repuso con abatimiento el Capellán.

-Para borrar la ignominia que deshonra vuestra familia, que aunque pobre, tiene patente de honrada.

-Mi familia se extingue en mí.

-¿Y vos queréis cargar con el sambenito, señor?

-Yo, tío Bernardo, no permanezco aquí donde me conocen. Pienso agregarme a las misiones de China, de las que pocos vuelven.

-¿Y la justicia? ¿Y la vindicta pública, señor?

-Sus ministros tiene, tío Bernardo.

-¡Pues qué! ¿Perdonaríais...

-Hará lo que pueda para lograrlo. Y lo primero será no tratar de perseguir al reo.

-Señor -dijo con una mezcla de respeto y de impaciencia el tío Bernardo-, eso es ser santo!

-No: es simplemente levantar la mano en las cosas de la justicia mundana, en las que no quiero intervenir. Y no creáis que sea preciso ser santo para esto: la sola sabiduría humana lo enseña; pues un poeta indio ha dicho: «La virtud perdona al malvado, como el sándalo perfuma el hacha que le hiere.»

-El padre de su mercé decía que José tenía sangre de horchata; y quiéreme parecer que ésta es la de toda la familia, Padre Capellán. Si yo supiera dónde había de dar con el reo, había de llevar su merecido. Y más le digo a su mercé; y es que creería cumplir con mi deber de hombre honrado arrancando la máscara a un bribón.

-Cada cual tiene o entiende los suyos a su manera, tío Bernardo -contestó el Capellán-. Pero difícil será que deis con él; que desaparecido hace diez años, estará expatriado o muerto. Rogad más bien por su alma si es muerto, o por su conversión si es vivo.

-Señor, dice el refrán que «a carrera larga nadie escapa.» Y ahora que no puede dañar, no he de parar hasta que dé con él; que «con viento se limpia el trigo, y los malos con castigo.»

-Si con buscarle y acusarle cumplís con vuestro deber de hombre honrado, al perdonarle cumplís con una virtud de cristiano, tío Bernardo.

-¡Por vida de sanes! -exclamó el anciano-. Eso es perdonar sin tino, señor; y maldades hay que no lo merecen.

-No hay culpa exceptuada en el gran precepto del perdón, tío Bernardo.

-Pues señor -repuso el veterano con energía-, yo no estoy, como su mercé, con un pie en el cielo; y le aseguro que si doy con ese bribonazo, por la leche que mamé que ha de pagar sus delitos. ¿Y creéis, Padre, que me condenaré por eso?

-No digo eso, amigo Bernardo, no digo eso: he expresado mi sentir sin acriminar el ajeno. Pero ¿a qué discurrir sobre este asunto, cuando es casi una imposibilidad que halléis al que creeis reo?

-¿No hallé a José? -repuso con viveza el anciano.

-Fue una gran casualidad, tío Bernardo.

-Es que hay casualidades que parecen Providencias, señor D. Gaspar.

-Considerad que diez años cubren con un espeso velo lo pasado.

-Señor, dice el refrán que más largo es el tiempo que la fortuna. Se bailará. Y ya que vos no queréis hacerlo, yo le buscaré; y si le hallo... ¡de Dios le venga el remedio! Por lo pronto, voy a llevar mi deposición al juez -dijo el anciano, alejándose precipitadamente.

Una mañana estaban reunidos el general y su hermano mayor en el despacho del primero, que habitaba una hermosa casa en una de las calles principales de Madrid. El general parecía abogar con calor por alguna cosa que su hermano reprobaba, y ambos interesados altercaban en su contienda.

-En ninguna época, como en la nuestra -decía su hermano al general-, se han visto hombres colocarse en primer término, y figurar, ya por su riqueza, ya por su rango, ya por su preponderancia política, ya por sus excentricidades, sin que se haya averiguado ni el rincón oscuro de donde salieron, ni las circunstancias que les sirvieron de escalones para subir. Mancomunado el misterio en que se envuelven estos improvisados personajes con el qué se me da a mí de una sociedad que vive al día, sin cuidarse más que de lo presente, lo pasado queda sin huellas, como el rastro de un barco entre las olas del mar. Se ha filtrado tanto esta tendencia, se ha generalizado a tal punto este divorcio con el pasado, este desdén por la cuna, este olvido indiferente hacia aquellos a quienes debemos la existencia, nuestra crianza y nuestro nombre, que es poco frecuente oír a los hijos en general, y a los encumbrados en particular, recordar a sus padres con aquel cariño, aquel respeto, aquella veneración que les es debida sólo por serlo.

-Hermano -contestó el futuro suegro del coronel-, es tendencia general de los ancianos la de enaltecer el tiempo pasado deprimiendo el presente. No quiero seguirte en este monótono carril.

-Cierto es que así sucede a ancianos y no ancianos cuando se trata de las malas tendencias que dominan. Y cada era tiene las suyas propias, porque la humanidad, así como las naturalezas, son y serán imperfectas, por más que los filósofos regeneradores y los modernos Hipócrates se afanen en querer lo contrario. Si curan una enfermedad moral o física, aparecerá otra nueva; y siempre morirán igual número de vivientes con otras enfermedades, y aparecerán malas tendencias con otros giros. ¡Esto ha sido, es y, será siempre!

-¿Y todo esto -repuso el general-, para venir a caer en que desapruebas el casamiento de mi hija con el coronel Guerra?

-Es muy cierto, hermano.

-¿Y sin más razón -prosiguió el general- que la de no conocer a su padre, a su abuelo y a su tatarabuelo?

-En parte sí, puesto que han de ser los de sus hijos, que serán mis sobrinos y herederos.

-Son unos ricos hacendados de Zahara su y apellido es ilustre.

-No hay apellido ilustre sin filiación. Me he informado por conducto fidedigno, y he averiguado que si bien existen individuos de ese nombre allí, son pobres jornaleros, que han tenido un hijo que

en 18... fue embarcado como soldado para América, y que están en la persuasión de que su hijo ha perecido, pues nunca más han vuelto a saber de él... El coronel dice que sus padres han muerto. Ahora bien: ¿qué te parece de renegar así de sus padres porque son pobres?

-Sería horrible, si fuese cierto.

-¿Y qué te parece, hermano, el decirse hijo de ricos propietarios, siéndolo de pobres jornaleros?

-Sería ridículo, si fuese exacto.

-¿Me darás, pues, la razón si desapruebo este enlace con un hombre que une al feo borrón de descastado, tan miserable vanidad?

-Hermano, no creo en tus noticias: esos Guerras serán otros; es un apellido muy general. Mas, dado caso que fuesen ciertas, ¿son estas debilidades humanas suficientes para contrapesar las muchas otras ventajas que hacen del coronel Guerra una boda conveniente, si no lucida? Su carrera es brillante, su mérito incontestable.

-Bien está, bien está; eso es en cuanto a su vida militar. Pero... ¿y en la privada?

-No hay uno de sus compañeros que no haga de él en este punto elogios. Además es rico.

-Sí -dijo con amarga sonrisa el anciano-; fortuna hecha al juego!

-Eso es pecado venial en América, hermano -repuso riéndose el general, penosamente afectado y no pudiendo dejar de defender a su presunto yerno.

-¡No digo! -exclamó con amargura el anciano-. ¡Lo pasado es el surco en el mar! ¿Qué extraño es, pues, que se pierda la vergüenza, si hoy día, aun personas tan virtuosas y llenas de pundonor como tú, se constituyen en quitamanchas de las más feas?

-Pero, hermano -dijo con triste inquietud el general-, mi hija le quiere.

-Tu hija es una excelente y dócil niña, que no se habría dejado llevar de su cariño, si te hubieras opuesto a él.

En este momento entró radiante el coronel, el que halló, como de costumbre, frío y seco al hermano del general. Éste, en cambio, se esforzó en indemnizar a su futuro yerno de tan visible desvío prodigándole muestras de afecto y de cordialidad.

No había pasado un cuarto de hora, cuando dieron unos golpes a la puerta del despacho.

-¡Adelante! -gritó el general.

Abriose la puerta, y apareció en el quicio un anciano aseadamente vestido con el traje de campesino andaluz.

-¡Bernardo! ¡Por fin viniste! -gritó el general apenas le vio, arrojándose hacia el recién entrado y echándole los brazos al cuello.

Cogiéndole en seguida de la mano, lo arrastró tras de sí al interior del despacho, y presentándosele a su hermano y al coronel,

-Aquí tenéis -dijo- a Bernardo, mi fiel y valiente salvador, al que debo la vida. Mirad, mirad -añadió, desviando las canas de la sien del que llamaba su salvador-, mirad esta cicatriz que estampó el sable del enemigo; aquí está imborrable la prueba de su lealtad, como lo está su recuerdo en mi corazón. Pero ¿cómo te va, amigo? Ya veo que los años han pasado sobre ti como sobre un robusto roble, sin haber hecho más que platear tu cabello y curtir tu enérgico semblante.

-Señor -contestó el anciano-, de salud no me va malamente, y de ánimo lo mesmo; pues aunque mis tramojos paso, no me amilano; que pesadumbres no pagan trampas. Su mercé usía sí que está arrogante! ¡Ya! ¡Como que tiene diez años menos que yo! Ya sé que su excelencia se ha casado, y tiene hijos como pimpollos. ¡Sea para bien!

-Ya los verás, Bernardo, ya los verás. ¿Y los tuyos? ¿Y tu mujer?

-Señor, mi mujer está tan encogida y arrugada, que parece una castaña pilonga. Los hijos, uno sirve al rey; los demás están casados, y con un celemín de hijos.

-Bernardo, tú no te separas ya más de mí.

-Señor, ¿y cómo dejo a la mujer?

-Te la traes.

-¡Qué, señor! ¡más fácil es traerse a la Cartuja! Allí está endiosada entre los hijos y los nietos, y con más raíces que una cepa.

-Pues bien, voy a fincar, y no te faltará buena colocación: tus trampas cuéntalas desde ahora entre los muertos. Aquí tienes -añadió el general, señalando al caballero anciano- a mi hermano, de quien tanto te hablaba; y aquí -prosiguió, señalando al coronel- al que va a ser mi yerno.

Al ver al antiguo asistente, D. Víctor Guerra había mudado de color, y hasta hecho un movimiento para tomar su sombrero y alejarse. Pero reflexionando con su acostumbrada presencia de ánimo que el encuentro con aquel hombre no era fortuito, y que debería repetirse diariamente en lo sucesivo, sostenido por su siempre triunfante audacia, y por la confianza de que no era posible que fuese reconocido, había vuelto a sentarse, al parecer tranquilo, y leía un periódico. Al oírse presentar por el general a su antiguo asistente, levantó con arrogancia la cabeza, que inclinó ligeramente para saludar al recién venido.

Pero apenas éste se hubo fijado, cuando se pintó en su abierto semblante el más profundo asombro, y no pudo desviar la vista de aquel rostro pálido y altanero.

Entre tanto, el general se había levantado y tocado la campanilla.

-Llévate -le dijo al criado que entró- a este huésped que me ha llegado: que se le sirva de almorzar y se le atienda como a persona de mi propia familia. Anda a descansar, Bernardo -añadió-, que en seguida quiero presentarte a mi mujer e hijos, que ansían por conocerte.

Y empujando por el hombro al anciano, que continuaba absorto, le hizo seguir al criado.

-¿Cómo se llama ese coronel? -preguntó al criado el tío Bernardo.

-Don Víctor Guerra. ¿Le conocéis?

-Juraría que sí -contestó el huésped-; pero por entonces no era coronel, ni se llamaba D. Víctor Guerra. Mas como de esto hace ya mucho tiempo, antes de afirmarlo quiero cerciorarme de si es el mismo.

El tío Bernardo no había podido pasar un bocado. A poco se había levantado, y con pretexto de ir a buscar sus alforjas al mesón, había salido; pero no había pasado del portal, en el que, parado y con una mirada ardiente y ansiosa, aguardaba, al parecer, algo que conmovía todo su ser. No podía aún dar crédito a sus sentidos al reconocer en el coronel al asesino del ventero, e iba a valerse de una treta para cerciorarse de la verdad.

Al cabo de media hora se oyeron pasos en la escalera; el anciano levantó su ansiosa vista, y vio bajar con toda su arrogancia al que esperaba. Retirose a alguna distancia, ocultándose en la sombra.

Apenas traspasaba el coronel el último escalón, cuando oyó una voz que decía:

-¡Juan Luis!

El coronel volvió instantáneamente la cabeza.

-¡No has olvidado tu nombre! -exclamó el tío Bernardo, poniéndose frente al coronel-. Juan Luis Navajas, ladrón, asesino! Lo que sí pareces olvidar en tus postizas grandezas es que «la verdad adelgaza, pero no quiebra.»

El coronel, como herido de un rayo al oír formulada aquella tremenda acusación, había tenido que apoyarse en la pared para no desplomarse. Mas, reponiéndose instantáneamente, como el que habiendo caído en lo profundo del mar hace un esfuerzo desesperado para volver a la superficie, se recobró, y dijo con una vehemencia que en vano trataba de disimular bajo la capa de un frío desdén:

-¿Se os ha ido el juicio? ¿Deberé compadecer vuestra locura, o castigar vuestra osadía?

-¡Osadía! -repuso el anciano, cuya voz temblaba de indignación-. ¿Quién habla de osadía? ¡Vil, infame! ¡Tú, que sobre hurto y sangre has labrado tu fortuna! Has creído poder, como la serpiente, soltar tu piel y seguir arrastrándote impune con otra, olvidando en tu loco delirio que de San Juan a San Juan no le queda Dios a nadie a deber nada!

-¡Viejo estúpido o insensato, refrenaos -exclamó con ira el coronel-, y no abuséis de la prudencia que observo, en consideración al general! Pero callad; y no me forcéis, o a' cortaros con mi espada vuestra viperina lengua, o a acusaros a la justicia como descarado calumniador.

-¡A la justicia, sí! A ésa mostraré yo las pruebas de lo que afirmo!

El coronel soltó una seca y acerba carcajada.

-Juan Luis, Juan Luis -dijo el anciano-, por su mal le nacieron alas a la hormiga! Subiste sirviéndote de hincapié un robo y una muerte; hiciste más: urdiste con tal maldad tu trama, que en ella hiciste perecer a un inocente, creyendo que, pagando él por ti, estabas salvo.

El coronel echó mano a su espada.

-¡Quieto! -dijo el anciano-. Que una muerte más no te salva. Porque las pruebas de tu delito no mueren conmigo; que en manos de la justicia las dejé, y te está siguiendo la pista. Largo tiempo has triunfado, has lucido, has gozado!...

-La gloria y el dinero son para quien los gana, y ganados los tengo, rústico deslenguado -dijo el coronel con altanería.

-Sí, sí; te sopló la suerte, como una desatinada que es. Pero ya todo se te acabó, y pagarás el capital y los réditos. Porque sábete, Juan Luis, que más largo es el tiempo que la fortuna!

-Considerad que yo os acusaré de calumniador infame; a no ser que generosamente os perdone, si os retractáis de lo dicho, y prometéis callar esas visiones de vuestro trastornado cerebro -dijo el coronel, que nunca perdía la cabeza-. En ese caso, os prometo, en consideración al general, ser vuestro ferviente protector. Soy rico, generoso, y el que salvó la vida a mi suegro, puede estar seguro de mi gratitud. Desde ahora podéis contar con cuarenta mil reales como principio de mayores beneficios.

-¡Anda, anda, mal nacido! que aunque me ves vestido de lana, no soy oveja -respondió el veterano-. El que, como tú, tiene echada el alma atrás, no es extraño que trate de sobornar a un hombre de bien. Pero yo no vendo mi honra, que vale más que todas tus mal ganadas grandezas. ¡Pues qué! ¿Te había yo de dejar casar con la hija del general? ¿Había de dejar infamada la memoria del infeliz José? ¿Habías tú de seguir impune disfrutando el beneficio de tus iniquidades? ¡No en mis días!

-Pues callaréis para siempre, ya que perderme intentáis -exclamó con honda voz en una explosión de ira el coronel-. Pruebas de vuestra calumnia ni tenéis ni podéis tenerlas; pero basta ella para manchar mi inmaculado honor.

Diciendo esto, se había arrojado fuera de sí con una pistola en la mano hacia el anciano. Pero en este momento se oyeron pasos en la escalera, y huyó precipitadamente.

Cuando llegó a su casa, había logrado serenar la tempestad de su alma.

-¡Serenidad! -se dijo-. ¡Sangre fría, que es la que salva! ¿De qué pruebas puede hablar ese mi eterno perseguidor? No existen. Negaré. ¿Quién no creerá al coronel Guerra cuando desmienta a un viejo estúpido? ¡En mal hora se ha hallado en mi camino! El general le aprecia y tiene fe en él; pero... ¡valor! Juguemos el todo por el todo. Mi buena estrella no me abandonará: en ella confío.

El coronel se fue a comer a una fonda, fortificando su impasibilidad con el bullicio, atolondrándose con conversaciones animadas, que empezaba y cortaba con un desasosiego que procuraba hacer aparecer como aturdimiento.

A la oración volvió a su casa, en la que halló una carta. Sorprendiole, porque de nadie podía esperar comunicación alguna. Abriola presuroso: era un anónimo, y sólo contenía estas tres palabras latinas de una concisa y conocida advertencia: fuge, late, tace!

Aunque la letra era fingida, el coronel creyó reconocer la del general: quedó inmóvil, fijando la vista en la abierta carta, que permanecía en su trémula mano.

-¡Lo sabe! -murmuró-. ¡El mal viejo se lo ha dicho! Pero no le habría dado tan entero crédito un hombre de tanta cautela como el general, si no le hubiese comunicado esas pruebas de que me habló... Pero... ¿cuáles pueden ser?... No existen... ¡Miente el villano!... Y no obstante, hay ciertamente... hay ciertamente un genio, enemigo del reposo del hombre, que suele alguna vez, cual los vampiros, desenterrar cadáveres yertos y olvidados del centro de la tierra. Fuge, late, lace! Huye, ocúltate, calla! ¿Y con qué fin me traza esa línea de conducta el general? ¡Está claro! Quiere evitar un escándalo que avergüence al regimiento de que fue jefe, que abochorne a la mujer que decía amarme, y humille al que se decía mi amigo! ¡Compañerismo, amor, amistad!... ¡Palabras huecas y sin raíces, que no resisten a un impulso de orgullo!

Así raciocinaba aquel hombre. ¡Y no es él solo! ¡Cuántos culpan, como él, a la sociedad y a los afectos, por no culparse a sí propios! ¿Cuál será la verdad de que no se abuse? ¿Cuál la sentencia que no se aplique mal?

Juan Luis veía -con tanta más rabia y asombro cuanto que no lo aguardaba- desmoronarse el edificio de su insolente prosperidad, labrada por el engaño y la hipocresía; veíalo caer, levantado como estaba sobre una sepultura y una mentira, al empuje de un cadáver que se alzaba, y de la verdad que se hacía luz, a pesar de sus criminales esfuerzos por aniquilarlos!

Aún reflexionó algunos instantes aquel criminal, hecho tan insolente por su fortuna: se vistió en seguida de paisano, se ciñó al cuerpo un cinto de onzas, y salió.

A los dos días se embarcaba en San Sebastián para Inglaterra.

No se engañó en sus cálculos. La carta era del general. Éste, cuyo carácter era más delicado que enérgico, instruido de todo por su antiguo asistente, avergonzado como coronel del regimiento en que había servido aquel infame, horrorizado y humillado como padre del que había admitido por yerno, quiso a toda costa evitar el público escándalo de la aprehensión y condenación del criminal.

Cuando el tío Bernardo supo la fuga del reo, se arrepintió amargamente de haberle puesto sobreaviso, aunque le había sido necesario acabar de convencerse de la identidad de su persona.

-Se ha escapado ese perverso Juan Luis Navajas -dijo-. Pero... ¿adónde irá que a los ojos de Dios se esconda? Y Dios consiente; pero no para siempre. Su hora ha de llegar; que quien mal anda, mal acaba.

El tío Bernardo hablaba proféticamente; porque a poco se pudo leer en un periódico de los Estados Unidos la relación del siguiente suceso:

«Las casas de juego siguen siendo cuevas de crímenes. En la pasada noche ha tenido lugar en *** Street el más horroroso suceso. No ha mucho que llegó aquí un español que se apellidaba D. Claudio Jaén. Su carácter altanero, su humor irascible y su aire provocativo le habían hecho odioso en los alojamientos en que había vivido. Pasaba sus noches en las casas de juego, en las que ganaba con tan loca fortuna, que se susurraba entre los demás jugadores que no jugaba limpio.

»Entre éstos, el más encarnizado contra él era un limeño de poco buenos antecedentes, que aseguraba además haber conocido al referido sujeto en Lima, en donde llevaba el nombre de D. Víctor Guerra. Supo todo esto al entrar anoche en la casa de juego el llamado D. Claudio Jaén, y se puso en un estado de furia difícil de describir. Al ver entrar poco después al limeño, se arrojó sobre él con furia, clavándole un puñal en el pecho; mas no pudo llegar a su antagonista tan pronto que no hubiese éste sacado una pistola, que descargó a quema-ropa sobre su agresor, exclamando:

-Señores, ya veis que castigo a un asesino.

»La muerte de D. Claudio Jaén fue instantánea; «el limeño vivió algunas horas, y esta tarde ha dejado de existir.»

También pudo verse algún tiempo después en los periódicos españoles una carta de un misionero, en que daba cuenta del martirio sufrido el Padre Gaspar Camas. Ambas cosas supo el tío Bernardo por el general.

-Vaya -dijo-, cada cual ha muerto como ha vivido: el uno, como un santo mártir; el otro, como un ladrón y asesino. ¡Dios premie al uno, y perdone al otro!

-Vaya, Bernardo, esa es una buena palabra, que me alegro verte aplicar a ese hombre, que tanto has odiado y tanto has perseguido -le dijo el general.

-El campo-santo es un sagrado, señor! Delante de una sepultura no debe el cristiano tener mas que oraciones! -repuso el tío Bernardo.

FIN